いつも恋して

水門房子
SUIMON Fusako

北冬舎

いつも恋して◈目次

Ⅳ

いつも恋して

I

いつまでも

渡せない手紙吸い込む
シュレッダー
言いたい気持ちも粉雪になる

いつまでも
続けられればいいのにね
知らないふりと聞かないふりと

すこしなら気づいていいよ
ポケットの
片隅にあるほんとの気持ち

これ以上
近づかないで　と言うような
やさしいあなたの言葉はナイフ

好きだって　言ったら
もう　ふり向かないよ
そして　やさしい雨が降るなら

二か月も前の潮騒　十秒の
素っ気ない声
くり返し聴く

いいじゃない
いまのまんまのまんまでも
なんでもないのに泣けてくるけど

むかし　波に
連れてゆかれた恋人は
たぶん　さっきのイルカになった

流れ星　今夜はきっと
降ってくる
あなたの熱いココアの中に

あいつには
内緒の　あたしが好きなもの
冷たいあいつと夜中のおやつ

だれにでもやさしいふりが
うまくって
ほんとは冷たいあの人が好き

こわしたく
なってきている
あなたとの平行線の関係さえも

秘密

たとえばね　こんなことだよ
　　幸せは
あなたの寝息に合わせて呼吸

どれくらい
好きだったかはいつだって
会えなくなっていちばんわかる

ここもまた違う世界ね
昨日とは
帰る場所まで失くしたみたい

完全に別れるまでの待ち時間
もいちど笑う
意味もないけど

あたしからずっと見られていたいなら
けっしてあたしを
見てはいけない

夢ならば醒めてほしくて深呼吸
あなたのいない朝は
迷宮

伝えたい気持ちはあれど
一人きり
首のうしろがちょっぴり熱い

いまだってあなたがあたしを
どこかから　見ていてくれる
　　気がしてるのに

ひとつだけ教えてあげる
　あたしはね
潮の香りのするとこにいる

欲しいもの　もしもたずねてくれるなら
とっても欲しい
二人の秘密

来るあてもないあの人を待つときは
オープンカフェで
ホットキャラメル

いつだって
あなたに逢っていいように
待っているのに月に坐って

見上げれば夜空を雲が流れてく
やっぱり　やつを
好きだと思う

思い出にできないくらい
せつないと
きっと　あなたはわかっていない

銀河のむこう

あの人があたしをひとつも見ないから
今日は鯨と
宇宙へ行くよ

完全に感染してる
あの人に
あさって月に帰るにしても

ふり向いてもらえなかった
最後まで　そしてあいつは
銀河のむこう

週一度

銀河の果てから着くメール
背後に気をつけ　そっと開くよ

あの人のメール待つのも
くたびれて
今夜行こうか　猫の森まで

あたしって
誰だかわからなくなった
象とは象語で話したあとで

ここに一人　かまわれたくない
猫がいて　一人ぼっちも
また淋しくて

街の灯が全部消えたら
始めましょ　独りよがりの
神経衰弱

気づいてはいないでしょうが
わたくしがあなたといるのは
仕返しのため

約束は何もないのに
なんとなく
パーティ用のドレス見ている

いつだって
素直になれないお姫様
カムフラージュに散財してる

マスカラ

ベランダに今年もつゆ草咲きました
薄らぐ記憶
呼び戻します

あの頃の二人に逢いに
行ってみる
あいつがバイトしてた店とか

今日も雨
それでもあたし　生きてます
風の便りも届かぬ場所で

あの人を空気と同じに
感じてた　たしかに時間は
止まっていたよ

あの人に会えなくなって七か月
どうでもいいや
マスカラなんて

冷房のオフィスから出る
　夕まぐれ
なまあたたかい風も好きだよ

とびきりの「おめでとさん」に
するために　あともうすこし
　言わずにおくね

あの人とあたしを唯一
　つなぐもの
むかしの深夜 radio の話題

　もう　そろそろ
帰らなくっちゃいけないね
あの日とおんなじ風が吹いてる

ブルームーン

おどろいて　雲は流れず
　飛んでった
良くも悪くも　お天気は晴

約束はしないまんまで別れよう
それもいいかも
それでいいかも

深呼吸　すると
ふわっとあの人が浮かんでくるよ
涙が出るよ

もう　やっぱり逢えないのかな
私たち　風になびいて
ほどけたリボン

外は雨
思い出たちも流れてく
まるでペディキュア落とすみたいに

ぼんやりと沖行く船を
見てるだけ
気がつけばひとり　はじめからひとり

仕返しを
してやろうかと思うけど
素直に待ってる気にもなってる

カーナビで探せないとこ
　行ってみよう
海からの風　今日はやさしい

ブルームーン　照らしてみてよ
誰よりも素直になりたい
　あたしの気持ち

次の角で立ち止まったら
抱きしめて
誰も知らない今夜のあたし

がんばるよ　いつもあなたが見てるから
そして　あしたは
オレンジの風

こんなときは
ちょっとあいつを見習って
「ふーん」って言って　おちついてよう

紅いあじさい

「これがいい」より
「これでいいや」で生きてきた
潮風が吹く夜のバス停

スタジアムの初ナイターの
花火です　忘れてたけど
春だね　キ・レ・イ

ぼってりと落ちそうな月追いかけて
走るHighway
もうすぐ逢える

私と同じ瞳を持つ少年よ
月桃の花を
知っていますか

きのうとは
ちがうあたしになる方法
いままで何度も試してきたし

もしかして　誘われる
かもしれないと
勘違いする瞬間も好き

なんとなく
いつもあたしをおこってるような口調が
気になってるし

これからもずうっと好きで
いるんだろう
聞かせたいこと　いっぱいあって

哀しくてせつない夢から
醒めた朝
ベランダに咲く紅いあじさい

今日はまあ　仕事がうまくいきました
いつものミルクティを
ください

タラソテラピー

夏の恋
うまく終わらせられなくて
胸さわぎする秋の夕暮れ

あのときは二人乗りしてどこまでも
ずっと行けると
信じてたんだ

祭りとはチョコバナナ屋台
あるものと
君が決めてる　かってな定義

思い出に
するかしないか考える
たまにメールをくれるあの人

教えても変えてしまえば
いいんだよ
携帯電話の番号なんて

元カレが現れそうで
立ち止まる　神社の脇の
曲がり角とか

なんとなくうまくいってる
ダイエット
やりたいことはまだ秘密です

エステとか
いろいろやってやせたのに
Mochi Cream にはまってしまい

潮風は思っていたよりベタベタで
今日もスーツで
タラソテラピー

世の中は二人じゃなにも
できなくて
ポニーテールはもう結べない

アタシって見た目よりかは
偶然や運命とかに
弱いヒトかも

II

セイロン・ティ

案内に
「最寄りの駅は泉岳寺」
おいしい紅茶の入れ方教室

大使館へ続く坂道　高輪は
おしゃれだけれど
古い町並み

母はミルクティ　祖母はレモンティが
好きだったこと
父は知らない

アイドルはアロハシャツ着て
アイパーで　ちょっと悪くて
カッコよかった

〝森〟だったところは　〝森〟と呼ばれつつ
電車が走る
マンションが建つ

おはよう　新しい家
おはよう　ダンボールの山
おはよう　見慣れた家族

マンションの
エントランスと玄関の
ふたつの関所を突破した母

当分はおいしい紅茶飲めません
やかんもポットも
見つからないし

カーテンの柄選んだり
そんなこと
いつもしてたい陽だまりのなか

タタンタルト

夏の朝　ドキドキ　潮風に
おはよう
覚えてるよね？　あたしのことを

あたしにはあなたがあなたで
　あればいい
いいかげんでも　そうじゃなくても

焼きたてのタタンタルトの
　いい香り
つかず離れず　このままでいて

すこし前をふり向かずに
歩いて　そして
いなくなったら気づいて

さっきまであやまるつもりで
いたんです　海に捨てます
なんにも言わず

路地の奥

あかちょうちんになわのれん
焼き鳥・チューハイ・冷奴　ね！

さっきから酔えないし　泣けないし
ほんとにくやしくて
ほんとにかなしいのに

昔　君が
「焼けちゃうよ」って泣きだした
大涌谷で黒たまご割る

抱き上げれば泣きやんでいた君はもう
ひとりで彼方へ
飛び立つんだね

雨上がり　興味なさげに近づくよ
紫陽花たちにも
気づかれぬよう

潔癖な守り積み上げた努力
崩れてくんだ
こんなとこから

ウサビッチ

さっきから口ずさんでる
アラベスク
マックシェイクに咳きこみながら

ごきげんな
紅茶いっしょにいかがです？
秘密兵器はこのミルクジャム

ベランダを花いっぱいにしたいとか
なぜか最近
ふと思います

済州島で見てみたかった父の名前の岸壁の滝

正房瀑布

辛いのは得意じゃないのでエステとか　買い物とかに

専念　明洞

結局は
なるようにしかならないし
あまり心配しないでいいよ

偉いとか頭いいとか利巧とか
狡賢いとか
もういいじゃない

はじめから
こうなるような気がしてた
どっかで聞いたような言いわけ

ウサビッチ　携帯電話に吊るされて
向かいの座席に
三匹　ゆらり

着てみたい服がこの世にあるかぎり
月の光に
お願いします…

大好きな星の形のフロマージュ
おしゃべり階段
ミルキーウェイ

昔した　いけないことを
ぼんやりと
思い出させる　お月見の夜

親愛なる洗濯機・食洗機・乾燥機様
寝ます
よろしく♡

坂をのぼれば

すっぴんで出かける武器は
フェンディの
顔半分の大サングラス

前髪がきまらなくても気にしない
坂をのぼれば
海が見えるよ

お休みは
なぜかてきぱき動けない
無駄な時間が過ぎてくばかり

おしゃれして今日もロフトに
逢いに行く
牢屋の中のうさぎに夢中

その兎
〝資本主義者〟で懲役三年
囚人番号五四一番

刑務所での不自由な話を聞きながら
　ワインを二本
いつものワイン

〝あとがき〟を先に読むクセ
今度こそ　こらえられるか
　予約した本

新しい南沙織のＣＤは
買わねばならぬ
発売の日に

この道を進んできたのは
よかったか
いまになっても　まだわからない

あの人のところへ行ける帆船を
もう十年も
探しています

このひとは
すこしつかれているのです　奈落の底に
隠れています

このまんま　ふり向かないでいてほしい
くたくたビッチ
うさぎの島へ

期間限定

善悪も
わからないほど囁かれ
鏡のなかのきれいなパール

予期しない　予想もしない
ありえない
どうして瞼閉じたんだろう

はじまりは終わりのはじまり
そんなこと　わかってるから
ブルートパーズ

生きてれば
毎日会えるひとなのに
ワインを買ってドキドキしてる

最近は同じ時間に部屋を出て
電話待つこと
慣れてしまえり

今度から発信履歴
すぐ消して
無言電話に心痛むし

別れ際　改札口で撫でられた
髪が　あなたを
忘れられない

精一杯伸ばした背中
「さよなら」と　あなたは何秒
見送ってたの？

ガタガタと言わないことね
最初からわかってたでしょ
期間限定

携帯に着信拒否を指定した
高層階での
ランチのあとに

買ってもらったつもりで選ぶ
ネックレス
ちょっと買いすぎ　これが大好き

くるぶしまで波が来ている
戻れない
ごめん　みなさん　すこし行きます

特別な指

波しぶきみたいなビーズの
　カチューシャを
今朝は鞄に入れて出かける

AKB

口ずさんでる雨あがり
心はいまもあの夏のまま

彼にだけ見せる笑顔を用意して
待ってみようか
嵐の夜は

じんじんとヒゲの感触
　残ってる
ほんとの名前も知らないひとの

着信拒否しているくせに
酔うとまた　メールしている
　どうかしてるね

あなたにはリアルアドレス
教えない。すこし不便が
すこしいいでしょ

こんなときに
メールが来ても返せない
おたがい大人　わかってるでしょ

約束はしないで　偶然
会えたなら
幕間にお食事　おごってあげる

スーツ着て
決裁してても◯◯《マルマル》の蓋が開いちゃう
なんとかしてよ

クールビズ
見え隠れする胸元に
いつも抱いてる企みわかる？

昔からぶち壊したい
と思ってた
大人の女の条件なんて

本日はネイルもうまく塗れました
発射合図の狼煙を
待つよ

いつだって
ここのネイルは大成功
ring finger　特別な指

腕がぐるぐる

スタンドの向こうに
海が見えるでしょ
ここが好きなの　勝っても負けても

生涯で
確か初だと思うんだ
満塁弾を目の前で見た

3・2・1、
ケータイ片手にはしゃいでる
5回の裏が終われば花火

三塁コーチの
腕がぐるぐる回ったら
がんばれるかな　がんばれるかも

今度こそやめると思っているなんて
誰も知らない
だからやめない

あたしなりの男の区別
すっぴんでいられるひとと
そうでないひと

手拭いとともに過ごした
夏がゆく
光る苦瓜　籠にいっぱい

どこまでも
海辺を歩き続けたら
朝焼けの中　逢える気がして

〈私の戦う場所〉

前田えみ子画「オカトラノオ幻想」に寄せて

「オカトラノオ幻想」　前田えみこ

戦う日とオフの日
どちらのために
エステに行くのか　考え中

考えてみれば
戦うときにしか
ヒトには見られてないよね　たぶん

オフの日にヒトには
内緒でしてること
覗かれること意識している

とびきりに淫靡なオフを
過ごすため
私は今日も戦うのです

III

夜桜

すこしだけ潮の香りを
残してる　君と揃いの
ダイバーウォッチ

少年のようにあなたが
はにかんだ
メロングリーンのペアのポロシャツ

吾の知らぬ
君の予定を知っている
黒い表紙のシステム手帳

つき合ってくれたお礼におごるよと
姉さんぶって
ふり向いてみる

いま　胸に飛び込みたいほど
好きだけど
どうにもならないせつなさも好き

ちょっとだけ
誰かに見られたいなんて
思う私はかなりきている

「わあつめたい」
思わず握ったあなたの手
まるではじめて触れるみたいに

このまんま帰れなくなる
気がしてる
ライトに浮かぶ紫の雪

パープルのスキーウェアー
いちばんに君に見せたい
朝のゲレンデ

エアポート
背中に視線感じつつ
思い出のため　ふり向かず行く

やわらかな陽ざしを浴びて
テーブルでオレンジ割ってる
日曜の朝

もう逢わない、もう逢えないと
決めたのに
鏡に映っている徒桜

夜桜に
呼ばれて幹にかしづいて
明日は人じゃないかもしれぬ

遠い夏

君に似た人を探して坐ってる
いつもそこから
はじまるパーティ

いつだって
あなたの視線　意識して
暮らしてるのよ　鏡の中で

頼まれたワープロいちばん先にやる
「あとで」と言いつつ
いちばん先に

わりきっているつもりでも
真剣に「逃げようか」なんて
　言いかけている

この人の子供を産んであげたいと
　思ったりする
どしゃぶりの中

酔わされて
どうにかされてみたいのに
先に酔っちゃうだらしないやつ

おしゃれしてここまでついて
きたじゃない
「いいのか」なんて聞かないでよね

誰のため
ルージュ変えたかわからなく　なってる
熱いシャワーの中で

思うよういかない恋に
身を焦がす
いつもそうなの悪いクセだわ

この場所で魔法にかかった
遠い夏
いまはひき潮ただ見つめてる

潮騒が聞こえたようでふり返る
遠い夏の日
もう戻らない

完全犯罪

移り気で　六月生まれ
わがままな私に似てる
あじさいが好き

「逢いたくない」
その一言が言えなくて
逢えぬ言いわけ考えている

外は闇
ハンドル握るポーカーフェイス
しあわせなんて　ひとつじゃないね

むいてない
私に秘密守ること
声を殺して電話すること

「忘れて…」と泣いた昨夜は
過去のこと
ステップ踏んでみる雨上がり

「去るものは追わないでしょう?」
さりげなく笑って尋ねる
秋のはじまり

好きならば
波のしずくのような石
三日月の夜　そっと届けて

夜の闇に鋭く怪しい矢を放つ
ペーパームーンの
私は化身

あなたからもらった気持ち
色褪せて
風の香りも　すっかり秋で

頬つたう涙だれにも見られない
嫌いじゃないよ
雨降りの日も

あの星が私たちのこと見ているわ
完全犯罪
失敗かもね

素敵な誤解

しあわせが
こわいときには落ちていく
暗くて深い海の底まで

追いかけて　やっと手にした
はずなのに
愛されたいと思う日もある

潮風に髪をとかれて目を閉じる
たしかに私
ここに住んでた

もう一度　海辺の街で
暮らしたら
元の私になれる気がして

ねえ　はやく　迎えに来てよ
私　まだ
あの日のまんま待っているのに

応答して！
軌道を変えていますぐに
そっちへ行くと行き止まりだよ

鮮やかに逃げてみせるわ
夜明けまで
貴方の視線のがさないまま

昨夜とは違う笑顔を
見せたげる
パステルカラーの朝日の中で

手に入れたあの夜さかいに　だんだんと
あとは　キ・ラ・イに
なってくばかり

「すき・きらい」
もうどっちでもいいような
気になっている花びらむしり

思い出は思い出のままでいいことが
わかりかけてる
二十七歳

生まれつき嫌いな男のコロンまで
好きになりそう
どうかしている

もう一杯
カンパリソーダ飲んだなら
フロアで彼に話しかけるわ

あいつはね　ホントは
私を狙ってる
それはとっても素敵な誤解

髪型を変えようかなって思ってる
これって恋が
はじまる予感

冷たい夏

新しい江ノ電
鎌倉かきわけて
ゆっくり走る夏に向かって

「コンタクトのフォーカスずれる
瞬間に
稲村ヶ崎の海が見えるの」

あと五秒
きっとあいつはKissをする
すこしまぶしい木もれ陽の中

手にすれば
すべて終わってしまうから
ここで足踏み　PAUSE のボタン

たまになら思い出しても
いいじゃない
むかし犯した罪のこととか

忘れても　いいこと
そして　わるいこと
わかってないね　忘れているね

三日後に後悔するって思うけど
今夜
魔法にかかってもいい

三分後
元の私に戻るから
やさしい言葉かけないでいて

「逢いたい」と
素直に言えない日曜日
冷たい夏にほだされている

秋の香りが漂っている
八月は
何か失くしたあの日と同じ
迷路《ラビリンス》
とめてほしくて飛び出した
雨に打たれた蒼いくちびる

リクエスト電話したけど
話し中
Apple tea に Milk を落とす

綾瀬より伸び上がってくる千代田線
999 のように
見える夜

最高の気分でさよならしたけれど
吊り革きしむ音　Gee
ひとり

瞳の奥に

どの人に誘われたって
ついて行く
そんな気がする雨降りの午後

人並にいきたくはない
人波にのれば駅には
着けるんだけど

二年ぶり
あなたに逢える予感して
自然に髪が内巻きになる

三十を過ぎてもあたし
変われない
素足で街に出る日曜日

温室のようなキッチン
冬の日に
思い出したら消えるおもいで

何だってあなたへなびく理由になる
風が吹くのも
花が咲くのも

春なんか
ずっと来ないと思ってた
瞳の奥に　菜の花　咲いた

その瞳　ずっと前から
気にしてた　誰にも言えず
気になっていた

いまあたし
生きてないかもしれません
「いや」と言えずに落ちていく闇

いつまでも〝好き〟のまんまでいたいから
今日も「おやすみ」
素直に帰る

大人びて

気持ちさえ告げてないのに
あなたとの別れのシナリオ
書き始めてる

遊んでるふりをしたって
知らんふり
やさしい目をして見ないでほしい

そんなこと
めんどくさいのに大人びて
見せるあなたがとても愛しい

気にしても気にしなくても
過ぎてゆく
悪い噂も私の恋も

どうしてもあなたのことが
気にかかる　生きているのか
野分の夜中

普段着の君をはじめて見た
日曜日《サンディ》
ただそんなこと　ただ嬉しくて

渋滞のバスより
夏を眺めれば　うれしそうです
つゆ草の青

すこしだけ得した気分
いい席は一人のほうが
　探しやすいね

もう誰も追って来ないよ
と言う波に　ひとりでいいの
　と答える私

IV

朝の月

秋になって　冬になって
　好きになって
明日になんか　ならなくていい

Bランチ　おなかいっぱいたべたので
これからあたし
春まで寝ます

ねがいごとはかなわぬほうが
いいんだと　あなたの腕で
つくづく思う

本日の朝の紅茶は
マンゴーティー
すこし夕べを思い出します

この春はすべてのものが愛しくて
さりゆくものも
もどらぬものも

なんとなく
なきごとじみたこと言って
抱き寄せられたら　今日はここまで

しなやかに風にとかれた
ソフトボブ　すこし乱れて
今日でお別れ

いまごろは楽しんでいるころかしら
あたし
これからすこしお昼寝

今日もまた年齢不詳の
かっこして　いきものがかりの
仕事をします

ああ　まるで青空に浮かぶ
　　朝の月
まもなく君の上司に戻る

　　今日こそは
誘われるかもしれないと
期待しながら出勤しましょ

幸せの絶頂みたいな顔をして
馬鹿って言ってる
瞳の奥で

いつも恋して

「はじめからこうなるかもって思ってた」
抱きしめられたら
また言うのかな

何の意味もないと思えるネクタイに
いろいろ理由をつけるよ
う・ふ・ふ

半年で何回締めてくれたかな
「あなたが好き」ってシルシの
ネクタイ

眠そうな冴えない顔でもいいんだよ
あたしは君が
いつだって好き

思い出にまだできてない
したくない
酔ったときだけメールを送る

言いたいこと言ってしまえば
あとはもう　返事来るまえ
眠ってしまう

なんとなくふっきれたかも
君のこと
今日は苗字で呼びたい気分

朝の風
潮騒みたいに聴こえるよ
逢いに行こうか　9回満塁

いつのまに背中を目で追うくせになり
　このままいたい
こわれないよう

だんだんと近づいてくる
君の顔
ほんとは途中で止まればいいのに

誰だって
恋をしてるとわかるはず
アイスバーンを転ばぬように

こうやって誰かにすこし馬鹿にされ
　生きていくんだ
いつも恋して

食べさせてくれたポテトはあっついし
　やった
福浦　サヨナラヒット

気怠い目覚め

迷ってるはやりのエクステ
外は雪
街も綺麗なイルミネーション

今日は抱いてもらえないとか　そんなこと
粉雪の中
ぼんやり思う

金曜日
思わせぶりなこと言って
つなぎとめるの　一人がこわい

また同じ夢の途中で
目が覚めた
外はそろそろ夕暮れ支度

あまのじゃく
やさしくされるとこわくなる
だんだん他人になってくようで

戻ってく　たぶんあたしは
これでいい
覚悟を持たない生き方よりも

どんなふうに
「おやすみ」言えばよかったの？
今夜のワインはジンファンデルを

夜更けまでずっとLINEをしてたから
抱かれたような
気怠い目覚め

それはそれ
送信ボタン押すたびに
ドキドキしなくなってしまった

泣きそうなあたしの気持ちも
知らないで
眼鏡の奥はいつも穏やか

思い出が
詰まりすぎててこのルージュ
色はとうぶん変えないつもり

「おかえり」を
言わない日々がやってくる
一年半の休憩おわり

本の虫　今日はすこおし
跳ねてみた　春の匂いが
漂ってるよ

いつかまた

バスタブで念じたことが伝わった
みたいな不思議
会いたかったよ

いつかまた
すれ違うかも街角で
しるしのホクロの場所は覚えた

さいごまで見つからなかった
〝好きな人〟
運動会の借り物競争

おはようとか　おやすみとか
乾杯とか
いつも普通にLINEしちゃって

いろいろと強がり言っても
結局は　断れないの
知ってるくせに

かけひきを
しているわけじゃないでしょう
たまに返事のない日あるけど

あのときに言われたとおり待ってたら
あなたは迎えに来たって
言うの?

二十年前にはなかった
「ふうん」っていう口癖
なぜか気になっている

何度目の誕生日だよ！
まあいいか
テーブル飾る派手なスイーツ

ちょっとだけ
酔ったふりして腕組んだ
いつも言いわけ考えている

あの頃は抱かれることが
幸せと
理由もないのに思ってたけど

そのあとで醒めるのは彼
もう一度したくなるのは
　いつも私

今度こそ　もう会えないって
　思うから
カラッといくよ　今日は泣かない

エアポート
搭乗までの待ち時間
抱き合うでもなく　キスするでもなく

主従ゆえ言えるわけない
好きなどと
熊本城は今日も真っ黒

本当は何も知らない
彼のこと
スーツ姿も見たことなくて

昔からあたしのほうが強かった
お酒も喧嘩も
思う気持ちも

平気だと思ってたけど
泣きそうなくらいせつない
帰りの電車

照り返し

朝焼けのオレンジ色が目に染みる
なんだか恋しい
今日は逢いたい

江ノ島は眩いばかりの
　照り返し
今夜どうする？　おうちに帰る？

何回も
止まろうかなって思ったよ
前に行かなきゃ終わらないのに

きっといつも誰かにほめてほしくって
走ってるんだ
そんな気がして

駅までの道で突然
会えるよう
仕込んでるんだ気づかれぬよう

前からね
考えていた　あなたから
つごうがいいと思われたいと

旧姓で呼ばれたときは
ちょっとだけドキドキしたよ
ちょっとだけだよ

それまでの時間も　そして
　その瞬間も
その口唇に管理されてる

真夜中に何度も目が醒め笑えたよ
　だけど　それでも
　もうすぐ開幕

公園の桜は明日には満開と
　なんであいつに
　知らせたいのか

おたがいいつから持っているのか
　あなたのモノ感
　あたしのモノ感

仕返しは
一番酷い方法で
二度と攻撃されないように

ねえ平気な顔していてよ
約束よ
テーブルの下で手をつないでも

いつだってスマホのなかで会えるから
お手軽すぎて
気が抜けちゃって

折り返し地点は通過しましたか？
どんどん増える
オヤジのメル友

誘い風

ウッドデッキで乾杯を

まだ暮れきらぬ　お台場は初夏

桜咲くとき

久しぶり会えるかもって
それだけで
海は真っ青　富士もくっきり

会いたいのは
懐かしいから？　好きだから？
会いに行くのは確かめたいから

タベルナはいつものお店　船橋の
テンプラニーリョは
ぶどうの品種

いま自称〝運命の男〟といる
Coke の瓶の向こうには
　海

アルバムはやっぱり歴史
何時間　いても飽きない
　父の書斎は

あのコートで新婚旅行に行ったんだ
幸せそうな
おすましの母

JKのあたしが写した
ピントボケ
あの頃ニコンは難しかった

何枚か剥がれた写真が
気にかかる
知らない人と映ったやつも

飲み会の帰りに写した景色でしょ
〝がっかりスポット〟
でも　綺麗だね

覚えてる
ちょっとハスキーだった声
ケンカばかりの学級委員

卒業式　約束　指切り　泣いたこと
桜咲くとき
思い出すんだ

聞きたいことたくさんあるのに
突然に
目覚めとともに難聴になる

だんだんと
動かなくなる父さんと
ベッドの柵を抜け出す母さん

マライアの声が
心に染み込んで　泣きそうになる
恋してるんだ

こんな日はあなたに逢いたい
本当はいつの日だって
あなたに会いたい

泣きそうな機嫌を癒してくれるもの
ロッテの勝利と
マリンの花火

東京行きの通勤電車に乗り込んだ
あなたの LINE
今日も来ている

いつだって
今日の天気の話題から
それでもいいよ　繋がっている

髪型が決められなくて
このまんま
ワードローブは準備完了

立ち漕ぎを
しないでこの坂登ったら
君が待っててくれる気がして

ブルーシルエット

わかってる
いまさらなのはわかってる
気まぐれなのも本気じゃないのも

筒井筒つついづつって誰のこと
秘密にしてる
朧月夜を

どんなこと
書いたんだろう
鍵つきのいちごの模様の交換日記

十八で親に反対されたとか
半分くらい
作り話に

富士山が見えるところに陣地取り
これから始まる
通勤電車

こんなとき偶然逢えたりしちゃうのは
　できすぎでしょう
　たぶん罠でしょ

リビングで恋してた時の歌
聴いて　エナメルリムーブ
　日曜の夜

扉開け　抜き出す
コーラの自販機と
ジョージア・グリーンの曲線が好き

聞こえない
小声でどうもありがとう
ヒトノクチニハトハタテラレヌ

「いままでが順風満帆すぎだよ」と
同期に言われ
わけわかんない

どうせなら
野球選手と不倫とか
そっちの噂でお願いします

スーパー・ムーン
こんなに近くに見えるのに　一緒に見てる
あなたは遠い

だれかから呼ばれたようで振りかえる
寝る間も惜しみ
恋してた街

夏色の水平線に涼しげに
ぼんやり浮かぶ
ブルーシルエット

大木をゆさぶる

依田仁美

いちめんに続く穏やかな海面。その輝きの中から、ぬっと短歌が立ち上がる。光を帯びて、みずみずしい。水門房子の歌は、しばしば波の泡から生まれる。

本日はネイルもうまく塗れました
　発射合図の狼煙を
　　待つよ　　　　　　　（「特別な指」）

わたくしを、波という形容に導いたものは、隙間のすくない、多彩で、濃やかな仕様のことばづかいである。さりげないが、心理の盛り上がりが見えるこの歌の印象は、淡いながらとてつもなく強い。とがって突き刺さるのではなく、やわらかく読み手の心を絡め取る。カリカリに意味を突きつけるのではなく、暗示的な口吻とリズムで迫るから、ついつい頷きたくなる。
　この情況とは何の関わりもないわたくしをして、狼煙を上げたい心持ちにさせる何かが込められている。この作に代表される「のがれ難い語りかけ」がこの集の骨頂だろう。

　秋になって　冬になって
　　好きになって
　明日になんか　ならなくていい
　　　　　　　　　　　　　　（「朝の月」）

　これも、いわば心に盛り上がった波。一転してひとりごとだが、ここでも、「のがれ難く」心をのぞき込まされている。繰り返すようだが、それは、ひったりと読み手に寄り添ってくる言い回しに起因する。読み手は心を巻き取られてしまう。

こうやって誰かにすこし馬鹿にされ
生きていくんだ
いつも恋して
（「いつも恋して」）

全編を通じて「愛の歌」がほとばしるが、その多くは、俗に言う「色恋」でもなく、かといって「恋に恋する」でもなく、心の底の「相聞のアルケー」のようなもの、人の心に通底する普遍の塊を、さりげないながら一心に彫琢しているように見える。ときに「あいつ」、ときに「あの人」、ときに「やつ」と呼ばれる男性が見え隠れし、いっぽうで、「あたし」もいつも登場する。「あたし」には作者と等価の主体が見え、その周辺に「あいつ」「あの人」が出入りし、絡み、交錯する。

その対象となる男性は、つど、実態が詠われていることもあるから、さまざまなリアリティをかなり明晰に伴うのだが、唯一のモデルの継続的な描写には見えないままである。

この恋歌群には始点終点が明示されることはない。ひとつの物語にはなっていない。そういう歌群である。

あの人に会えなくなって七か月
　どうでもいいや
マスカラなんて
（「マスカラ」）

がんばるよ　いつもあなたが見てるから
　そして　あしたは
オレンジの風
（「ブルームーン」）

健全な、まるまる太った愛ではなく、半脱臼のような、少しものがなしい、それだけに日常的に納得され、はたまた勇気づけられるような独自な風合いのある愛だ。全編にそういう愛の言葉が満ち満ち、吐く息が愛の語となって降りかかる。この、読者にしたしげな愛の姿を、ひとことで呼べば〈ポエミーラブ〉、歌の姿に添うて呼べば〈ライトポエム〉となる。

営営と日常を綴る短歌は水門さんの意識・眼中にはない。鋭鋭と、ひたすら〈ライトポエム〉を制作する。ストーリーよりシーンに重きを置く映画のような着想、「起承転結」や「始まりと結末」という設定はすべて、詩の本質を損ねると考えているのだ。この列挙は、たとえれば長年に亘る壁画である。自身と同時に、公共にも供せられている。

なお、自分を取り巻く人人との間に抜き差しならない関係があることを見せる歌もあることも指摘しておきたい。

三塁コーチの
腕がぐるぐる回ったら
がんばれるかな　がんばれるかも
（「腕がぐるぐる」）

卒業式　約束　指切り　泣いたこと
　　桜咲くとき
　　　思い出すんだ
　　　　　　　　　　（「桜咲くとき」）

この歌集からひたひたと沁みだしてくるものがあるいっぽうで、逆にするすると吸収されるものもある。どうやら、歌集そのものが読者を巻き込んで環流する流体なのだろう。水門さんを起点とし、かつ終点兼通過点とする循環系である。

多くの人の心底には「相聞の心」がひそんでいる。「生きとし生けるもの」はその生の多くの部分を相聞に費やす。これらの語りかけは、現代人に通底する「潜在意識的《サブリミナル》」な部分に歩み寄ってくるのではないか。素直に共振できすぎるのはそのせいだ。

現代の表現の伝達にも、脳の作用に呼応して、「言語系」と「情動系」のふた流れがあるのではないかと、よく思う。むろん、この『いつも恋して』は明らかに後者に属する。

多くの言語系短歌が、新奇性原理に傾き、顕在認識過程に頼るのに対して、少数の情動系短歌は、親近性原理に近づき、潜在認識過程に働きかけるというのは、脳神経学の説くところに照らしてもよい。先に、読者を巻き込む環流、と書いたのは、この意味である。

水門さんの「詩ごころの揺りかご」は、当時、まさに男盛りといえた藤田武がコミットした同人誌「環」だ。俊英相撃つ場で、「最年少の構成員」のみずみずしい魂は、さまざま、天啓に触れたのだろう。わたくしもその頃、そのスジの会合の受付での振袖姿を記憶しているから、思えば、ン十年になりなんとしている。つまり、やすやすとありきたりにならない、この半脱臼の声調の源はきのうやきょうのものではない。

その詩心の発露であろう。上梓を前にして彼女はみずからに難行を課した。五句三十一音が、なぜ一行でなければならないかを問うたのである。真剣にみずからに問い、真剣にみずからが応じた結論が、この様式である。大木をゆさぶったのだ。

過去にも行分けの試行はあったが、その顰みにならうことを潔癖に忌避しつつ、あえて断行した考究の成果である。

この、中間の位置に詩語・詩心を浮遊させる試みは、視覚的には、歌意を無重力化する効果を生んだ。さらに、短歌の内在律を、いわゆる「見える化」させた、とわたくしは整理している。

一行詩の複行化は、当然ながら、いわゆる功罪を含むから、多くの弱気な読者は、これを「素直でない罪」に分類するだろう。

他方、「功」の第一は、一瞬にして読めることだ。もともと人の視線は、一行をたどらせられることに慣れているが、全体の嵩が決まっている短詩形では、この条件が解除されれば、一瞬に読める。一車線と複車線の道理だ。一行書きの落とし物を回収しているのかもしれない。

直線から解放された言葉は、よく弾む本質を取り返している。字空けで放たれた語は、嬉嬉とその短い役務を果たす。証拠は論にまさる。例示しよう。

誘い風

ウッドデッキで乾杯を
まだ暮れきらぬ　お台場は初夏　（「照り返し」）

扉開け　抜き出す
コーラの自販機と
ジョージア・グリーンの曲線が好き　（「ブルーシルエット」）

朝の風
潮騒みたいに聴こえるよ
逢いに行こうか　9回満塁　（「いつも恋して」）

最後に、急いでその横顔を描けば、「現代短歌舟の会」のメンバーたること八年。お仕事は、拳銃を整備し、かつ拳銃の操法に習熟していても、試射してはいけない、という職務規程をもつ、わが国有数の「大会社」の管理職。潑剌と沈着をふたつながら有する人格の持ち主。やわらかそうに見えるけれど、実はシャープなきかん坊。好奇心、探究心旺盛。能書きをまき散らさない美徳は歯がゆいが、爪を見せない隼にも見える。

あの人があたしをひとつも見ないから
　今日は鯨と
宇宙へ行くよ
（「銀河のむこう」）

あとがき

　思いをのせた歌集ができました。気の向くままに短歌を書いて、気が向いたら、師が選者である新聞に投稿しました。載ったり、載らなかったり、出来が良いときには師の評が付きました。

　そんな気ままな作歌活動も、もう三十年を数えようとしています。そして、何を書いても、「もっと自由に大胆に飛べ」と言ってくださった唯一の師、藤田武先生が亡くなり、三年が経ちます。ご存命なら、「歌集出版など、まだ早い」とおっしゃったかもしれません。

　職場の上司だった上村伸二郎さんが短歌を始めたのを機に、一緒に参加した「舟の会」だけが短歌の発表の場所となり、日ごろ仕事で鍛えてきた事務の腕を活かし、会計の役を得て、編集委員となりました。やがて、「舟」の代表編集人の依田仁美さんから北冬舎を紹介され、思いもかけず歌集に向き合うことになりました。依田さんには、そのうえ、貴重な解説まで、ご執筆いただきました。人との縁はつくづく不思議だと思います。

今回、そこかしこに書きためていた短歌を発掘して発表順に並べてみると、その時期なりのわたしの人生のテーマのようなものがあらためて見えてきました。表記のかたちとしては、いっけん、奇妙な風体とも思われる「三行分けセンタリング」ですが、これには、それなりのメッセージを込めたつもりです。

ふだんの作歌時には横書きなので、すこしでもそのように表現しているときのイメージに近いものを追求しながらたどり着いた、今日現在の結論としての表記です。なお、歌集の構成は制作順ではありません。

歌集名にした「いつも恋して」については、現実の真っただ中ではどうなのかというのは、読者のみなさんのご想像にお任せします。堅いイメージの職場に勤務していますが、いろいろなことのある、世間といっこうに変わらない場所だと思っています。

藤田武先生が亡くなられたあと、消滅するかと思われた短歌グループの「環」も、三回忌に自発的に集ったのを機に、五賀祐子さんを中心に活動を再開しました。先生のお墓の前で、お線香が燃えつきるまで語らいました。五賀さんからは、歌集についても客観的なご意見をいただきました。

最後になりましたが、ここまでお世話になってきた依田仁美さん、「環」、また、「舟の会」をはじめとする一緒に短歌を勉強させていただいたみなさん、そしてみなさんと出会わせてくださった藤田武先生に、感謝の気持でいっぱいです。ありがとうございました。素敵に装丁してくださった大原信泉さん、丁寧に校正してくださった久保田夏帆さん、発掘したままの泥だらけの短歌を綺麗に整えてくださった北冬舎の柳下和久さん、みなさんに感謝申し上げます。

二〇一六年　十一月に初雪が降った冬に

水門房子

本書収録の作品は、１９８９（昭和64）―２０１６年（平成28）
に制作された３５０首です。本書は著者の第一歌集になります。

著者略歴
水門房子《すいもんふさこ》

1964年(昭和39年)6月9日、横浜市生まれ。父親の転勤に帯同し、神奈川県綾瀬市、長野県松本市、大阪府寝屋川市、大阪府高槻市、北海道旭川市、茨城県取手市、そして千葉県柏市で就職までを過ごす。83年、千葉県警察職員拝命。87年、「燧の会」(講師・藤田武)に入会。89年、「朝日新聞千葉歌壇」に投稿開始。90年、「環」に参加。92年、「21世紀の短歌を語る会」開始、実行委員。2009年、「舟の会」入会、編集委員。現在、千葉県警察本部交通部運転免許本部流山運転免許センター勤務。

メールアドレス＝itsumokoishite@gmail.com

いつも恋《こい》して

2017年1月20日　初版印刷
2017年1月30日　初版発行

著者
水門房子

発行人
柳下和久

発行所
北冬舎
〒101-0062東京都千代田区神田駿河台1-5-6-408
電話・FAX　03-3292-0350
振替口座　00130-7-74750
http://hokutousya.jimdo.com/

印刷・製本　株式会社シナノ

定価はカバー・帯に表示してあります
落丁本・乱丁本はお取替えいたします
ISBN978-4-903792-60-6　C0092